EMMANUEL DUCROS

LA CIGALE

AU CERCLE DES ARTS LIBÉRAUX

DESSINS

DE MM. ALEXANDRE CABANEL, A. COT, ADRIEN DIDIER,
GABRIEL FERRIER, FORMIGÉ, A. GRIVOLAS, AD. JOURDAN, JEAN-PAUL LAURENS,
JULES LAURENS, PAUL VAYSON.

EAUX-FORTES

DE MM. EUGENE BAUDOUIN, MAXIME LALANNE, PAUL MAUROU, MARIUS MICHEL

PARIS
ALPHONSE LEMERRE, ÉDITEUR
37-41, PASSAGE CHOISEUL, 37-41

MDCCCLXXX

LA CIGALE

AU CERCLE DES ARTS LIBÉRAUX

PARIS. — IMPRIMERIE ÉMILE MARTINET, RUE MIGNON, 2

EMMANUEL DUCROS

LA CIGALE

AU CERCLE DES ARTS LIBÉRAUX

DESSINS

DE MM. ALEXANDRE CABANEL, A. COT, ADRIEN DIDIER,
GABRIEL FERRIER, FORMIGÉ, A. GRIVOLAS, AD. JOURDAN, JEAN-PAUL LAURENS,
JULES LAURENS, PAUL VAYSON

EAUX-FORTES

DE MM. EUGÈNE BAUDOUIN, MAXIME LALANNE, PAUL MAUROU, MARIUS MICHEL

PARIS
ALPHONSE LEMERRE, ÉDITEUR
37-41, PASSAGE CHOISEUL, 37-41
MDCCCLXXX

LA PROVENCE

A FRANCIS PITTIÉ

Tu reçois, chaque jour, le baiser du soleil,
O Provence! Jamais amant pour sa maîtresse
Ne montra tant de soin et d'aimable tendresse;
Il fait un paradis de ton sol sans pareil.

Il ne paraît à toi qu'avec ce doux sourire
Qui fait naître les fleurs, en tous temps. Éblouis,
Les étrangers, venus des plus lointains pays,
Ne peuvent pas rester sans subir ton empire.

N'es-tu pas la contrée où fleurit l'oranger?
Où le rêve est dans l'air? où chante la cigale?
On trouve dans tes champs une ivresse idéale;
Le myrte et le jasmin aiment à s'y loger.

La mer, en te voyant, veut se faire jolie ;
Elle montre, autre part, un visage irrité :
Pour s'approcher de toi, son port est apprêté ;
Le bel azur du ciel avec ses flots s'allie.

Tes villes ont leurs noms connus dans l'univers ;
On les bâtit : déjà s'en occupe l'histoire.
Marseille est grecque ; Aix est romaine ; c'est leur gloire
D'avoir aimé les arts, dans les siècles divers.

Le voyageur s'éprend d'Arles l'enchanteresse.
La femme, dans ses murs, a su trouver le don
De plaire ; à ses côtés, l'homme est plein d'abandon,
Il imite le vent léger qui la caresse.

Pour lui donner son teint et son air radieux,
Tu n'aurais pas suffi, magnifique nature.
Vénus ici, séduite, a laissé sa ceinture ;
Son aïeule hérita de la reine des dieux.

Elle plaît, simplement, par sa grâce parée.
C'est un rayon ardent qui sort de ses beaux yeux.
Les bois, les prés, les fleurs, n'ont pas, bien précieux,
Le parfum enivrant de sa bouche adorée.

Sa brune chevelure est attrayante à voir,
Sur son cou rond et blanc à faire envie au cygne.
Le lac, aux flots dormants, doucement lui fait signe;
Il rend pour elle encor plus clair son gai miroir.

Provençale, tu n'as qu'à paraître, on te chante.
Le félibre t'adore après le troubadour;
Sa langue harmonieuse et faite pour l'amour
Devient, pour te louer, magique, séduisante.

Elle emprunte l'éclat mystérieux du soir
Et la sonorité de l'eau frappant la roche;
Certain, en la parlant, que le triomphe est proche,
J'irais, ma bien-aimée, auprès de toi m'asseoir.

O Provence! ô berceau cher à la poésie!
Ton sol a le pouvoir de donner de l'esprit;
Partout l'arbre chantonne et le buisson sourit;
On sent autour de soi passer la fantaisie.

Pour la suivre à travers les fleuves, les forêts,
L'esprit captivé court, comme un cheval sans bride;
Devant l'idéal fuit toute pensée aride;
Sous ton ciel, ô Provence! on vit sans nuls regrets.

Tes fils ont su porter au loin ta renommée ;
Ils savent, prêts à tout, réussir sans effort.
Quand la chaleur se met dans leur âme et l'endort,
Tu souffles, ô mistral ! vite elle est ranimée.

Ils sont toujours conduits par le culte du Beau.
Puget montre ta force et Jean Van Loo ta grâce.
Les cadets des aînés veulent suivre la trace ;
Thiers se place brillant auprès de Mirabeau.

Tu les reconnaîtrais sur la terre étrangère ;
Le froid, glaçon mortel, jamais ne les atteint,
Car leur esprit n'est pas un flambeau qui s'éteint
Après avoir montré sa lueur passagère.

Il vient de loin, il est l'héritage du temps,
Accru par l'âcre odeur de la brise marine ;
Par le soleil entré, brûlant dans leur poitrine,
Apportant, don du ciel, un éternel printemps.

Ils gardent, au milieu de ce monde morose,
Un rire qui les fait se reconnaître entre eux ;
Ainsi que le bon vin sous un bouchon poudreux,
L'existence pour eux prend une teinte rose.

MIRABEAU
par TRUPHÊME

Ils vont toujours joyeux, en bravant l'avenir ;
Ils savent que partout une étoile les guide ;
S'ils ont, dans tous les temps, un bon mot qui déride,
Provence ! c'est qu'ils ont, au cœur, ton souvenir.

FORMIGÉ

LE PAGE

Que fait le jeune page, au bas de l'escalier?
Rêve-t-il aux yeux noirs d'une brune jolie?
Quand on est jeune, on sait aimer à la folie.
Comme on voudrait avoir deux beaux bras pour collier!

On vient et l'on attend un regard, un sourire.
Timide, on n'ose pas risquer de doux aveux.
Saisi par le parfum qui sort de longs cheveux,
Comment donc espérer lui plaire et la séduire!

Elle est, par sa beauté, la reine de la cour!
Quand de flatteurs, là-haut, une troupe empressée
L'entoure, pourrait-elle avoir une pensée
Pour le page qui guette, en bas, tout plein d'amour?

PHOTO-LITHO. SILVESTRE.

FORMIGÉ

LE SPADASSIN

« Ne t'en vas pas, ami ; j'ai le pressentiment
» Que cette nuit serait, pour nous deux, la dernière ;
» Vois-tu, je t'ai donné mon âme tout entière,
» Et je ne pourrais plus vivre sans mon amant.

» Reste encor près de moi. Le temps passe si vite,
» Lorsque j'entends ta voix, lorsque je puis te voir.
» Tu me quittes, j'ai peur, j'aperçois tout en noir.
» Mon ami, je t'en prie, avec grand soin évite

» Les meurtriers que peut aposter un jaloux. »
Et lui, pour la calmer, lui donne une caresse.
Je ne crains rien, j'ai pour égide ta tendresse;
S'ils venaient, je saurais échapper à leurs coups.

. . . .

Le spadassin attend toujours, la dague nue.
Il trouve qu'ils sont longs tous ces roucoulements;
Qu'il fait froid, qu'il pourrait passer de bons moments
Au cabaret avec la fillette ingénue

Qui sait distribuer un sourire engageant
A ceux dont elle voit bien pleine l'escarcelle.
Elle est jolie. Il doit enfoncer une aisselle
Pour payer ses faveurs avec du bon argent.

A GRIVOLAS

PEINTRE DE FLEURS

Quand j'entrai dans ton atelier,
Grivolas, j'avais de la neige
Jusqu'au genou. Depuis le siège
Paris n'eut temps plus singulier.

J'avais froid et l'humeur mauvaise ;
Je regrettais notre Midi,
Où l'on n'est pas tout engourdi ;
Mais, chez toi, soudain à mon aise,

Je me suis cru dans un jardin.
Que de fleurs fraîches et jolies !
Les véritables, bien pâlies,
Je les voyais avec dédain

Auprès des tiennes, toujours belles,
Qui m'attiraient, pleines d'éclat ;
On voudrait les cueillir. Voilà
Un bouquet que les plus rebelles

Des fillettes, avec plaisir,
Accepteraient pour leur corsage.
On hésiterait davantage
S'il fallait, entre elles, choisir.

La pivoine, la chrysanthème,
Les dahlias rouges et blancs,
Mêlent leurs tons étincelants.
Qui dira lesquelles on aime

Le mieux, ô peintre ! de tes fleurs ?
Tu connais ce qui fait leur vie
Sur la tige, et, l'âme ravie,
Tu nous rends leurs vives couleurs.

A. FALGUIÈRE

LA SUISSE ET LA FRANCE

1870

TERRE CUITE

La France se souvient de l'accueil sympathique
Que tu lui fis, ô Suisse ! en ses jours de malheur ;
Tu reçus ses soldats brisés par la douleur ;
Pour les réconforter ta voix était magique.

Ton rôle, dans ce siècle, ô Suisse ! est grand, est beau.
Lorsque les nations ne rêvent que tuerie,
Genève dit : Pitié ! Devant la barbarie,
La noble ville a mis la croix sur son drapeau.

ADOLPHE JOURDAN

LES BORDS DU GARD

Que l'on doit être bien sur ces rives du Gard !
Le fleuve suit son cours, dans un profond silence,
Au milieu d'arbres verts qu'un vent léger balance.
Le rêveur doit ici reposer son regard.

C'est l'endroit favori, choisi par les baigneuses ;
Un étroit batelet lentement les conduit.
La nature charmante en ce lieu les séduit ;
Elles y sont à l'aise et s'ébattent joyeuses.

Elles découvrent là tous les trésors cachés
Que le poète, en vain, s'efforcerait de rendre.
Elles ont, vrais abris, pour pouvoir les défendre
Des yeux trop curieux, les bois et les rochers.

Eux seuls peuvent bien voir la blancheur des épaules ;
Leurs reins souples et forts, leurs bras au fin contour ;
Les boutons de leurs seins, ces jolis fruits d'amour ;
Et leurs cheveux baignant dans l'eau, comme les saules.

PAUL MAUROU

VICTOR HUGO

Ce grand front, cette tête blanche
Ont jeté sur l'humanité
A profusion la clarté ;
Tout son cœur sur nos maux s'épanche.

Saisissant l'orgueilleux puissant
Qui, pour briser toutes entraves,
A sali le nom de nos braves,
Hugo le marque avec du sang.

Pour le petit, le misérable,
Plein d'amour et plein de pitié,
Le poète prend la moitié
Du poids effrayant qui l'accable.

Il a souffert, il a pleuré,
Et sa voix s'est faite plus douce,
En voyant, belle fleur qui pousse,
Près de lui l'enfant adoré.

A. COT

PORTRAIT DE MADAME ***

Son visage charmant est empreint de bonté ;
C'est le plus délicat des attraits de la femme.
Lorsque deux jolis yeux laissent lire dans l'âme,
L'homme reste surpris et se trouve dompté.

Cette tête séduit par ses formes exquises,
Ses cheveux ondulés, ses longs regards rêveurs ;
Par sa bouche mignonne aux suaves couleurs.
On pense, en la voyant, à ces nobles.marquises

Que tu savais si bien chanter, ô troubadour !
Dans un siècle de fer, elles semblaient un rêve;
Leur sourire, aux combats, put seul mettre une trêve,
Et la France leur dut les arts, l'esprit, l'amour.

PHOTO-LITHO. SILVEST

A. COT

LA BAIGNEUSE

Elle écoute, elle entend passer entre les branches
Un bruit harmonieux, doux comme un chant d'oiseau.
Un curieux est-il allé, jusque là-haut,
Admirer la splendeur divine de ses hanches?

Ravi, ne pouvant pas contenir plus longtemps
L'hymne qui sort du cœur pour louer tant de grâce,
Emprunte-t-il, pour mieux dissimuler sa trace,
Le murmure du bois enivrant au printemps?

« Que l'eau me fait envie, elle l'a possédée !
» Elle a pressé ses flancs aux merveilleux accords !
» Les flots voluptueux s'attachaient à son corps.
» La rosée est ainsi sur la fleur attardée.

» Que ne suis-je Zéphyr, pour baiser ses cheveux,
» Si blonds, qu'ils ont été baignés dans le Pactole.
» Ils brillent sur sa tête ainsi qu'une auréole.
» Enfant, prête l'oreille à mes tendres aveux.

» J'ai suivi tout le jour, ardent, ta promenade ;
» De ta robe j'ai vu sortir tes membres nus ;
» Sois fière, car tu peux lutter avec Vénus;
» Je chante pour toi seule, ici, ma sérénade. »

. . . .

Ne voyant rien, elle a son plus charmant souris ;
Elle sait que les dieux, cachés pour les mortelles,
Savent parler d'amour et venir auprès d'elles,
Aussi beaux qu'Adonis, quand leur cœur est épris.

PHOTO-LITHO. SILVESTRE

HERCULE

LES ARTS LIBÉRAUX

En découvrant la liberté,
Les arts accourent autour d'elle ;
Ils ressemblent à l'hirondelle
Qui vient vers nos pays, l'été.

Ils périssent dans l'esclavage,
Comme l'oiseau frileux au froid.
Il faut dissiper leur effroi
Pour ouïr leur divin ramage.

ALEXANDRE CABANEL

LA JUSTICE DE SAINT LOUIS

Ils vont, les affligés, se mettre au pied du trône.
Ils savent que le roi saura les écouter
Autant que les plus grands. Qui pourrait en douter?
L'amour du bien, du vrai, sans cesse l'éperonne.

Ce n'est pas un tyran que la pompe environne
Et que les courtisans trouvent bon de flatter.
L'orgueil et le pouvoir n'ont pas pu le gâter;
Son cœur est le plus beau joyau de sa couronne.

Aussi le malheureux vient à lui, comme à Dieu;
La tête dans la main, à genoux il l'implore.
Voulant que la justice en son royaume ait lieu,

Louis rend des arrêts que sa bonté colore.
Quand il voit ses sujets écrasés et maudits,
Sa voix ouvre pour eux, sur terre, un paradis.

BOUCHET DOUMENQ

LES ALYSCAMPS

Ce royaume des morts est couvert de verdure.
Les tombeaux disent seuls que là se sont couchés
Des mortels. Aujourd'hui, des nids partout cachés
Remplissent de gaieté ce lieu de sépulture.

C'est un endroit charmant, bien cher aux fiancés ;
On les y voit venir souvent, l'âme ravie ;
Ils font, aux Alyscamps, des rêves pour la vie :
L'avenir rit pour eux auprès des trépassés.

MAXIME LALANNE

UN VILLAGE DE LA BOURGOGNE

Le village s'étend sur un joli coteau
Qu'ornent bien ses maisons; sa rue est toute pleine
D'arbustes ; son clocher s'aperçoit de la plaine.
C'est en bas maintenant qu'on bâtit le château.

Il ne domine plus ainsi qu'au moyen âge ;
On aime à l'entourer d'un immense jardin
Rempli de fleurs, de fruits, qui, ravissant Éden,
Se peuple des oiseaux de tout le voisinage.

Lalanne
un village de la Bourgogne.

A. GARRAUD

LE BOIS SACRÉ

RADE DE TOULON

La mer n'est nulle part plus belle qu'en Provence.
Ses flots bleus plaisent tant aux enfants du Midi,
Qu'après les avoir vus, rien ne les interdit.
Ils contemplent un coin du paradis, d'avance,
A Toulon. Ils l'ont bien nommé le bois sacré.
Les pins sont un décor ravissant sur la rive.
Le pêcheur attendant que le poisson arrive,
Peut ici s'endormir dans un rêve doré.

GABRIEL FERRIER

LA LISEUSE

La jeune femme a pris un livre et le parcourt;
Mais voici qu'elle trouve, au milieu d'une page,
Une fleur oubliée, une pensée, un gage
D'un amoureux faisant, à sa belle, la cour.

La fleur, mieux qu'un héros, l'attire et l'intéresse;
Elle dit un roman plus humain et plus vrai.
Sa corolle, autrefois, avait un vif attrait,
Au temps où leurs deux cœurs, tout remplis de tendresse,

Ils allaient dans les champs chercher les coins ombreux.
Comme ils comprenaient bien le murmure des sources!
La causerie était le charme de leurs courses;
Ils juraient de s'aimer toujours, étant heureux!

Depuis se sont passés des jours, des mois, l'année;
Et le temps est venu prendre, le trouvant lourd,
Même le souvenir de l'éternel amour,
Dont il ne reste rien que cette fleur fanée.

JEAN-PAUL LAURENS

PORTRAIT D'ENFANT

Le peintre, pour un jour, a quitté les hauteurs
Où semblait, jusqu'ici, se plaire sa pensée.
On dirait qu'une route est devant lui tracée,
Car l'histoire apparaît à ses yeux créateurs,

Avec tout ce qu'elle a de triste et de lugubre :
— Le silence est autour de l'excommunié;
C'est un objet d'horreur ; par les siens renié,
On met aux lieux maudits son cadavre insalubre.

— Formose doit répondre à ses accusateurs;
On a, de son cercueil, tiré sa face blême;
Au mort, comme au vivant, on jette l'anathème;
Son visage a pâli devant les insulteurs.

— Marceau mort, l'ennemi, qui l'aime et qui l'honore
Vient autour de son lit apporter ses regrets.
Il pleure en contemplant rigides ses beaux traits;
Le calme du trépas les embellit encore.

— Le peintre pour l'enfant adoucit son regard,
Il sent, en le voyant, sa tendresse infinie.
La grâce fait l'effet, avec la force unie,
D'un rayon de soleil qui perce le brouillard.

Qu'il est charmant, l'enfant, avec sa tête blonde,
Ses grands yeux étonnés, dirigés vers le ciel.
A l'âge où l'on ne sait rien de matériel,
O mères ! n'est-il pas un ange dans ce monde ?

Phototyp. Silvestre.

AMY

L'ENFER

En pensant à l'enfer, tout homme a frissonné.
Le poète, en tout temps, a sondé ce mystère :
Que devient l'âme, alors que le corps est en terre ?
L'heure de la justice a-t-elle enfin sonné ?

La religion croit le criminel damné.
Avant que les flatteurs aient fini de se taire,
Le mort sent occuper sa couche solitaire ;
Devant ses yeux un diable a soudain ricané.

Il s'empare de lui, comme l'oiseau de proie
D'un jeune agneau, poussant, sauvage, un cri de joie.
Le misérable tremble et vite, épouvanté,

Pour fuir la vision détourne son visage.
En vain il veut chasser cette effrayante image,
Il la verra pendant toute l'éternité.

EUGÈNE BAUDOUIN

LES CERISIERS EN FLEURS

TRIOLETS

Voici les cerisiers en fleurs ;
Accourez, garçons et fillettes ;
Avec les premières chaleurs,
Voici les cerisiers en fleurs.
Dans les prés, parés de couleurs
Blanches, rouges et violettes,
Voici les cerisiers en fleurs,
Accourez garçons et fillettes.

Venez respirer cette odeur
Divine qui monte à la tête.
Jeunes gens tout remplis d'ardeur,
Venez respirer cette odeur;
Si vous voulez voir, sans fadeur,
S'ouvrir votre âme à l'amour prête,
Venez respirer cette odeur
Divine, qui monte à la tête.

EUGÈNE BAUDOUIN

LES BUGADIÈRES AU PONT JUVÉNAL

Elles viennent passer sur le pont Juvénal,
Allant à leur travail, les brunes bugadières;
Le fardeau n'abat pas leurs têtes toujours fières;
Nul pour elles n'émet un compliment banal.
Elles ont, dès l'enfance, une allure hautaine;
Leur voix sonore dit, sans fard, la vérité;
Leurs yeux brillants ont, pleins d'esprit et de gaieté,
La pureté de l'eau claire d'une fontaine.

PAUL VAYSON

LA BERGÈRE

Le soleil resplendit, au loin, sur la colline.
Il vient de se lever dans le bleu firmament,
Plus beau que d'hâbitude; il arrive gaiement,
Pour relever la fleur qui, sur le soir, s'incline.

La bergère, à pas lents, tricote, et va devant
Son troupeau, poursuivant sa tâche accoutumée.
Que lui veut ce matin cette brise embaumée,
Douce comme la voix de l'amoureux, savant

Pour trouver le chemin de son cœur? Toute émue,
Elle se laisse aller à ce frisson divin.
Oh! quel air enivrant! Là-bas, dans le ravin,
Le mouton, vif, auprès de la brebis remue!

Vayson.

TRUPHÈME

BAILLY

L'instant est solennel ; le tiers état, chassé
Par des intrigues, tient séance au Jeu de Paume.
Tremblez, nobles puissants, voici les Droits de l'homme;
Vous n'aurez plus de front devant vous abaissé.

Oh! ce n'est pas en vain que Rousseau, que Voltaire
Ont préparé l'éveil de tout le genre humain;
Leur parole des cœurs a trouvé le chemin ;
Nulle voix aujourd'hui ne pourrait faire taire

Les vrais représentants de la France, assemblés.
Ils savent qu'il s'agit, en ce lieu, de leurs têtes ;
Venez et dirigez contre eux des baïonnettes,
Vous ne trouverez pas leurs visages troublés.

Bailly parle, la main au cœur, la tète haute.
Une chaise lui sert de tribune : « Un serment
» Va nous unir. On doit n'agir que librement.
» La nation nous donne une place, on nous l'ôte ;

» Jurons, pour que du fait on ne soit coutumier,
» Que roi, nobles et tous, entendront le langage
» D'un peuple libre. Avant que quelqu'un ne s'engage,
» Messieurs, permettez-moi de jurer le premier. »

VILLA

UNE DISPUTE

TRIOLET

Lequel des deux prendra la place ?
Le perroquet ou bien le chat ?
Les ennemis sont face à face ;
Lequel des deux prendra la place ?
Sur le fauteuil, on se prélasse
A son aise, comme un pacha ;
Lequel des deux prendra la place,
Le perroquet ou bien le chat ?

ADRIEN DIDIER

PORTRAIT DE JEUNE FEMME

Jeune femme, où prends-tu ta grâce,
A l'approche de tes vingt ans?
Ton regard attire, embarrasse;
Tu charmes comme le printemps.
Jeune femme, où prends-tu ta grâce
A l'approche de tes vingt ans?

Photoglyp Silvestre

ADRIEN DIDIER

MARIE MAGDELEINE

D'APRÈS HENNER

TRIOLETS

Elle avait, l'aimable sirène,
Un je ne sais quoi d'attirant,
Qui vous saisit, qui vous entraîne.
Elle avait, l'aimable sirène,
Avec le port fier d'une reine
Un air dégagé, conquérant.
Elle avait, l'aimable sirène,
Un je ne sais quoi d'attirant.

Les amoureux venaient en foule;
Autour d'elle, vrais papillons,
Que la lumière attire et foule,
Les amoureux venaient en foule.
Comme les flots que la mer roule,
Comme les épis aux sillons,
Les amoureux venaient en foule
Autour d'elle, vrais papillons.

Quand elle passait, souriante,
En secouant ses blonds cheveux,
Malheur à l'âme inconsciente,
Quand elle passait souriante.
Comme une comète brillante,
Tous, charmés, la suivaient des yeux,
Quand elle passait souriante,
En secouant ses blonds cheveux.

A genoux, elle se lamente,
Déplorant son succès passé ;
Dans les larmes, bien plus charmante,
A genoux elle se lamente.
Joignant aux grâces de l'amante
Le repentir d'un cœur blessé,
A genoux elle se lamente,
Déplorant son succès passé.

PIERRE CABANEL

LES ITALIENS A PARIS

Quand les Italiens ont fini leur journée,
Ils viennent sur un banc; fatigué, l'enfant dort
Auprès de ses parents, qui font un rêve d'or;
Ils espèrent aller, à la fin de l'année,

Revoir leur beau pays, comme l'oiseau son nid.
On se trouve si bien dans les murs de Florence!
Ils voudraient, sans aucun souci de l'existence,
S'y nourrir de soleil et de macaroni.

JULES LAURENS

LE MEUNIER DE LACOSTE

RÉCIT DE JULES LAURENS

On me dit : Il existe un meunier, vrai sculpteur,
Qui cisèle la pierre en haut de la montagne ;
C'était si singulier, que le désir me gagne
De connaître et de voir cet artiste amateur.

Je me trouvai devant un homme au franc visage.
Aimable, il me montra son curieux travail :
Des corbeaux se dressaient, comme un épouvantail,
De la dimension d'oiseaux du premier âge.

Des monstres tout petits étonnaient à côté.
Cet homme produisait, sans une autre culture
Que l'inspiration même de la nature :
Ses essais en avaient la sauvage beauté.

MADAME BAUDOUIN

POMMES D'API

AQUARELLE

Par ce petit tableau, vous comprendrez qu'Adam
A ce fruit savoureux ait pu mettre la dent.
La pomme est toujours séduisante
Quand une femme la présente.

MARIUS MICHEL

LA PETITE QUI TOUSSE

L'enfant mignonne tousse, touisse;
La mort résonne dans sa voix,
Dans sa petite voix si douce
Qui faisait sourire.... autrefois.

La blanche pierre de la tombe
Remplacera le mol coussin
Où sa tête aujourd'hui retombe ;
Le marbre glacera son sein.

Sa mère versera des larmes ;
Son vieux père aussi pleurera.
Pour les vivants sont les alarmes,
La mignonne mieux dormira.

NUMA COSTE

PORTRAIT DE L'AUTEUR

Un beau jour, Coste, pour te voir,
Pour t'admirer, soit dit sans feindre,
Tu t'es mis devant ton miroir...
Oh ! ton miroir a dû te peindre !

THABARD

LA POÉSIE

La poésie est une femme
Aux grands yeux bleus, aux traits charmants ;
Elle a sur terre pour amants
Tous ceux qui sentent dans leur âme
Le besoin d'aimer, de chanter,
D'oublier dans la rêverie
Qu'en un jour la rose est flétrie,
Et que l'homme est né pour lutter.

CATALOGUE

DE L'EXPOSITION DE LA CIGALE

AU CERCLE DES ARTS LIBÉRAUX

PEINTURE

MM.	
EUGÈNE BAUDOUIN.	La route du pont Juvénal.
—	Cerisiers en fleur.
—	Le combat d'ours.
—	Les bains de mer de Palaréas.
—	Étude de paysage.
Mme BAUDOUIN.	Pommes d'api, aquarelle.
BOUCHET-DOUMENQ.	Portrait de M. Poujade, député.
—	Les Alyscamps.
ALEXANDRE CABANEL.	Portrait de M. Pierre Cabanel.
—	Portrait de M. Perraud.
PIERRE CABANEL.	Les Italiens à Paris.
NUMA COSTE.	Portrait de l'auteur.
A. COT.	Portraits de Mme C...
—	Portrait de Mme B...
DELILLE.	L'église de Laruns.
ADRIEN DIDIER.	La Poésie, d'après Raphaël.
—	La Madeleine, d'après Henner.

LOUIS DESCHAMPS.	Petite cribleuse défendant son grain.
—	La convalescence.
GABRIEL FERRIER.	Un portrait d'enfant.
FORMIGÉ.	Un page.
—	Un spadassin.
Mlle FORMIGÉ.	Fleurs, aquarelle.
—	Fleurs, tableau.
GAIDA.	Architectures.
Mme GAIDA.	Portrait d'enfant.
G. GARRAUD.	Près le bois sacré, marine.
—	Le mont Coudon, paysage.
—	Le fort Saint-Louis, marine.
A. GRIVOLAS.	Azalées.
—	Chrysanthèmes.
—	Corbeille de fleurs.
—	Fleurs coupées.
JACQUESON DE LA CHEVREUSE.	Deux cartons.
ADOLPHE JOURDAN.	Les bords du Gard.
MAXIME LALANNE.	Parc de Mme de Balzac, fusain.
—	Étude de ciel, fusain.
—	Un village de Bretagne, fusain.
—	Un cadre de quatre mines de plomb.
—	Sujets pris à Trouville.
—	Les ormeaux de Cénon, eau-forte.
JEAN-PAUL LAURENS.	Portrait d'enfant.
JULES LAURENS.	Ruines d'un temple antique à Vernègues.
—	Fleurs de Provence.
—	Malaquier, le meunier-carrier-sculpteur.
—	De Lacoste [Vaucluse, sa femme, et spécimen de son œuvre (cadre de dessins)].
Mlle N. JUGE-LAURENS.	Les Fontaigneux (Drôme), tableau.
—	Ma cousine Jeannette, dessin.
HIPPOLYTE LAZERGES.	Femmes arabes.
PAUL LAZERGES.	Portrait de M. Hipp. Lazerges.
—	La baigneuse.

A. Loudet.	Portrait de M. Delaplanche.
—	La petite sœur quêteuse.
—	Léda.
Paul Maurou.	Victor Hugo.
—	Dupuis.
—	Duchesse d'Aumale.
—	Mirabeau (1).
Marius Michel.	La petite qui tousse.
—	Portrait de capitaine.
—	Tête de zouave.
—	Portrait de femme.
Jules Salles.	L'Arlésienne.
Mme Salles-Wagner.	L'écho.
—	Portrait de Mlle Decombe.
—	La tireuse de cartes.
Alphonse Simil.	Deux aquarelles.
Abel Simil.	Architectures.
Noel Sylvestre.	Dessin tiré de Vitellius.
—	Dessin.
Paul Vayson.	Vaches à l'abreuvoir.
—	Le désert à Villiers.
—	Études diverses.
Émile Villa.	Une dispute (Chat et Ara).

SCULPTURE

Amy.	Deux têtes d'enfant.
—	L'enfer.
—	M. de Villemessant.
—	Une tête de chien.
—	Martin de Nîmes.

(1) L'eau-forte de Mirabeau, en tête du volume, est tirée du journal *la Farandole*.

Hercule.	Les arts libéraux.
—	Tête d'enfant.
—	Tête de femme.
Thabard.	La poésie, statue, plâtre.
—	Buste d'enfant.
Truphème.	Bailly, plâtre.
—	Jocabet et Moïse, plâtre.
—	Buste de M. Émile Cardon, plâtre.
—	Portrait de M. Chevandier, terre cuite.

TABLE

DESSINS

EAUX-FORTES

FIN DE LA TABLE

PARIS. — IMPRIMERIE EMILE MARTINET, RUE MIGNON, 2

PARIS. — IMPRIMERIE EMILE MARTINET, RUE MIGNON, 2

www.ingramcontent.com/pod-product-compliance
Ingram Content Group UK Ltd.
Pitfield, Milton Keynes, MK11 3LW, UK
UKHW021908260726
13966UKWH00006B/1285